CE LIVRE APPARTIENT À :

. . . .

. . . .

. . . .

À Camille.
F. K.

Pour ma mère Ghislaine Blais Pilon 1939–2008.
A. P.

Dépôt légal : février 2015
N° d'édition : 18705
Direction artistique et mise en pages : Alice Nussbaum
Photogravure : Apex
Impression et reliure : Unigraf, Madrid
Imprimé en Espagne
ISBN : 978 2 246 78725 9

Lettres à mon cher petit frère qui n'est pas encore né

FRÉDÉRIC KESSLER / ALAIN PILON

Grasset-Jeunesse

Mon cher grand frère,

Voilà bientôt neuf mois que je grandis dans le ventre de notre tendre maman.
Ici la vie est bien douce, la température idéale, et il ne fait jamais ni faim ni soif.

À très très bientôt,

Votre puîné.

Post-scriptum : Savez-vous déjà si je suis un garçon ou une fille ?

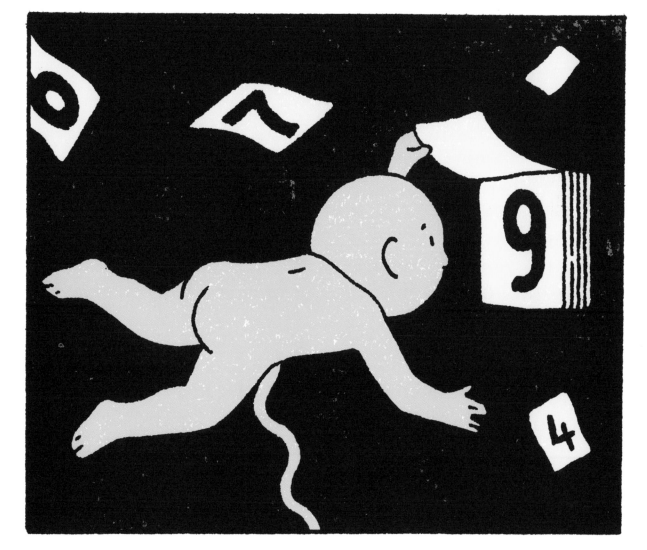

Monsieur le gros bébé,

Profitez-en !!! Ici, l'hiver on grelotte, et l'été on transpire. On mange à heure fixe et pas moyen de grignoter entre les repas.

Sachez que vous êtes un garçon, et n'allez pas me demander le prénom ridicule que nos parents ont choisi pour vous, car à peine on me l'avait dit, que j'ai tout fait pour l'oublier.

À bientôt quand même,

Votre aîné.

Monsieur mon frère,

Il me tarde de sortir, mais ce que vous me dites là m'inquiète un peu…

Je prévois de naître dans une petite semaine et puisque je n'ai rien à me mettre, il est probable que je viendrai au monde tout nu. Pourriez-vous me dire ce qu'annonce la météo pour le jour de ma naissance?

Dans l'attente de votre réponse,

Le petit frère frileux.

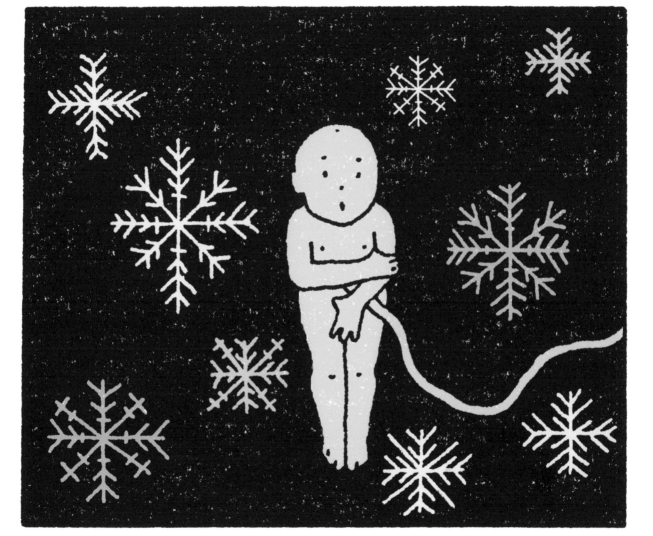

Petit monsieur tout nu,

À la maison, on ne parle plus que de vous, alors que vous n'êtes même pas encore né, ça promet...

Rassurez-vous, tout est prêt pour vous accueillir : une chambre, rien que pour vous ! Un berceau, rien que pour vous ! Une table à langer, rien que pour vous ! Une armoire remplie d'habits, rien que pour vous ! Et tout le monde, qui n'attend plus que vous, sauf moi !

Surtout, prenez votre temps pour sortir, rien ne presse.

Votre grand frère habillé de la tête aux pieds.

Mon grand frère à moi,

Moi, je suis bien aise d'apprendre qu'on ne parle que de moi. Et j'ai hâte d'être dorloté par tout ce monde qui n'attend que moi.

En vous remerciant pour toutes ces bonnes nouvelles,

Moi.

Monsieur qui se prend
pour le centre de l'univers,

Je ne vous connais pas encore, mais vous commencez
déjà à m'énerver.
Au centre du monde j'y suis moi aussi, et j'y reste !

Votre grand frère agacé.

Monsieur mon frère,

Ne vous énervez pas trop contre moi, je ne sais rien faire, je suis si petit et sans défense et vous devez être si fort. Au fait je ne sais même pas votre âge ?

Impatient de vous connaître,

Le tout petit.

Mon petit frère de rien du tout,

J'ai bientôt trois ans, je sais faire des choses dont vous n'avez même pas idée. Figurez-vous que je sais parler, jouer, dessiner, marcher et courir, et pendant que maman vous donnera le sein, moi je mangerai à table avec papa, des morceaux de viande qu'il faut mâcher avec les dents.

Mais surtout après les grandes vacances, j'entre à l'école maternelle… Je ne vous en dis pas plus, vous ne pourriez pas comprendre.

À bientôt,

Votre frère très savant.

Monsieur le savant,

Comme tout cela m'impressionne!!!
Mais vous avez raison, je ne comprends presque rien
à tout ce que vous me dites. Pour ma part, je ne saurai
que pleurer quand j'ai faim, quand j'ai peur, et quand
ma couche est pleine.

Bon c'est pas tout ça, mais il faut que je commence
à me mettre en route, pour trouver le chemin de la
sortie.

Le petit qui ne comprend rien à rien.

Mon cher petit frère,

Je suis sûr que vous apprendrez très vite, et sans même vous en rendre compte, à sourire, à gazouiller, à gigoter dans tous les sens et à roter après la tétée. Et puis, vous êtes déjà très intelligent puisque vous avez compris que je suis très fort et très savant.

Ne vous égarez pas en chemin !!! Maman vient de perdre les eaux, nous sommes en route pour la clinique.

Bises,

Thomas.

Post-scriptum : Et si on se tutoyait ? Ton prénom c'est Antoine.

Cher Thomas,

Voilà c'est l'heure, j'ai un peu le trac… Mais quand faut y aller, faut y aller, comme on dit.

À tout de suite dans la vie,

Antoine.

Post-scriptum : Si tu veux.